شخص عادي

قصة خيال علمي
إعداد وتحرير: رأفت علام

مكتبة المشرق الإلكترونية

صدر في مايو ٢٠٢٠ عن مكتبة المشرق الإلكترونية – مصر

ISBN: 9780463653647

Table of Contents

شخص عادي
الفصل الأول

"آنسة (منى).."

ارتطمت العبارة بأذنيها، وهي تتسلل على أطراف أصابعها، محاولة بلوغ حجرة التحرير، دون أن يشعر رئيس التحرير بقدومها، فتسمرت في مكانها لحظة، وزفرت في استسلام، ثم التفتت بجسمها كله إلى رئيس التحرير، وهي تبذل أقصى جهدها؛ لترسم على شفتيها ابتسامة عذبة، وهي تقول:

- صباح الخير يا أستاذ (عزيز).. لم أتوقع وجودك في هذه الساعة المبكرة.

عقد رئيس التحرير حاجبيه في غضب، وهو يقول في حدة:

- مبكرة؟!.. إنها الحادية عشرة يا آنسة (منى)، وما من صحفي نشط يصل إلى المجلة التي يعمل بها، في مثل هذه الساعة.

حافظت على ابتسامتها في صعوبة، وهي تقول في مرح مفتعل:

- وماذا عن الصحفي الكسول؟

رمقها بنظرة صارمة، تلاشت لها ابتسامتها، وهو يقول:

- أظنك خير من يجيب عن هذا السؤال، فلم يمر بمكتبي تحقيق واحد يحمل توقيعك، منذ شهرين كاملين.

حاولت أن تستعيد ابتسامتها، وهي تلوح بسبابتها أمام وجهها، قائلة:

- العبرة ليست بكثرة الموضوعات والتحقيقات، وإنما بجودتها، و...

قاطعها بصوت هادر:

- عظيم.. إنك تستعيرين كلماتي على نحو رائع، ولكن مارأيك في أن يكون العمل هنا بالإنتاج، بدلًا من الحصول على راتب شهري دون عمل؟

ازدردت لعابها، وهي تقول:

- لست أظن هذا النظام يصلح لي.

بدا الغضب واضحًا في ملامحه، فاستدركت في سرعة:

- ثم إنني أستعد لفكرة جديدة.

كانت استدراكتها ناجحة، فلقد اندفع الفضول إلى رأس رئيس التحرير، مزيحًا كل الغضب أمامه، وهو يسألها في اهتمام:

- أية فكرة؟

باغتها السؤال، فارتبكت وهي تجيب:

- كنت أفضل الاحتفاظ بها سرًا، و...

قاطعتها صيحته الغاضبة:

- سرًا؟!!

تضاعف ارتباكها، واختلط بشيء من الضيق في أعماقها، عندما وقع بصرها على وجه زميلها (محمود)، من خلف كتف رئيس التحرير، وهو يبتسم، وكأنما يروق له ارتباكها، فاعتدلت في حزم، وهي تقول:

- الواقع أنه تحقيق مع شخصية عادية.

بدت الدهشة على وجهي رئيس التحرير و(محمود)، وهتف الأول في حيرة:

- شخصية عادية؟!.. ماذا يعني هذا؟

أجابته في حماس مباغت:

- إنها فكرة جديدة للغاية.. إننا لن نجري تحقيقًا حول أحد الشخصيات الشهيرة في المجتمع، ولا حول سياسي كبير، وإنما سنجري التحقيق حول شخصية عادية للغاية، يتم اختيارها عشوائيًا من دليل الهاتف، وسنسعى للالتقاء بهذه الشخصية، والبحث عن هموم ومشاكل المواطن العادي.

بدا من ارتفاع حاجبي رئيس التحرير أن الفكرة قد راقت له بالفعل، مما دفع (منى) إلى أن تستطرد بمزيد من الحماس:

- تصور يا سيدي ما ستفعله سلسلة تحقيقات كهذه في المجتمع، عندما يحلم كل شخص فيه بأن يكون هو تلك الشخصية العادية، التي تلتقي بها الصحافة.. إنها فكرة جديدة بكل المقاييس يا سيدي.

ازداد ارتفاع حاجبي رئيس التحرير، وراح يومئ برأسه في اهتمام وإعجاب، ثم لم يلبث الشك أن تسلل إلى نفسه وملامحه، وهو يقول:

- أخبريني بكل أمانة.. هل كانت هذه الفكرة معدة مسبقًا، أم أنها وليدة اللحظة؟

لم يكد يتم عبارته، حتى تراجع (محمود) خطوتين إلى الخلف، وهتف:

- آنسة (منى).. كيف حالك؟.. لقد درست فكرتك أمس، ووجدتها رائعة.

التفت إليه رئيس التحرير في دهشة، فاستطرد (محمود) مفتعلًا الحماس:

- هل أخبرتك الآنسة (منى) بفكرة ذلك التحقيق يا سيدي؟.. إنها فكرة رائعة.. سنلتقي بمواطن عادي عشوائيًا، و...

قاطعه رئيس التحرير في صرامة:

- لقد أخبرتني الآن.. ولكن متى أخبرتك أنت؟

أجابه (محمود) في بساطة:

- أمس الأول يا سيدي.

- انعقد حاجبا رئيس التحرير مرة أخرى، وهو يقول في حدة:

- كيف هذا؟!.. كيف يعلم محرر في المجلة فكرة تحقيق جديد، قبل أن يعلمه رئيس التحرير نفسه؟

ارتبكت (منى)، في حين أجابه (محمود) في سرعة وتلقائية:

- لقد كانت تطلب تعاوني يا سيدي.

سأله في دهشة:

- تعاونك؟!.. لماذا؟

أجابه مبتسمًا:

- من الخطر أن تذهب فتاة وحيدة إلى عنوان اختارته عشوائيًا من دليل الهاتف.

مط رئيس التحرير شفتيه، وهو يهز رأسه موافقًا قائلًا:

- هذا صحيح!

ثم التفت إلى (منى)، التي بدا الضيق على ملامحها، وقال في حماس:

- هيا إذن.. ما الداعي للانتظار؟

واندفع إلى داخل مكتبه، والتقط دليل الهاتف، وفتحه عشوائيًا، وهو يقول:

- سنبدأ هنا.. بآخر أسم في الصفحة اليسرى.

هبط بسبابته إلى الصفحة اليسرى، وقرأ:

- المهندس (سليمان صابر).. اسم مناسب لصاحب التحقيق الأول.. وها هو ذا العنوان.

التقط ورقة بيضاء، وخط عليها العنوان في سرعة وحماس، وناوله إلى (محمود) مستطردًا:

- هيا.. إنني في غاية الشوق لرؤية التحقيق الأول.

تناول (محمود) العنوان، وابتسم وهو يقول:

- ستراه قريبًا يا سيدي.

والتفت إلى (منى)، مستطردًا بابتسامة ضاحكة:

- أليس كذلك؟

قطبت حاجبيها، وهي تقول في حنق:

- من يدري؟

نعم.. من يدري؟

❁❁❁

انطلقت سيارة (محمود) الصغيرة تصعد ذلك الطريق المواجه لقلعة (صلاح الدين الأيوبي)، في طريقها إلى المقطم، حيث يعيش المهندس (سليمان)، وابتسم (محمود) داخلها، وهو يختلس النظر إلى (منى)، قائلًا:

- ألن نتبادل كلمة واحدة؟

مطت شفتيها، وهي تغوص أكثر في مقعدها، وتضرب أرضية السيارة بكعب حذائها الرفيع في غضب، فاتسعت ابتسامته، وهو يقول:

- ما الذي يغضبك هكذا؟

قالت في حدة:

- لقد سرقت فكرتي.

رفع حاجبيه هاتفًا:

- فكرتك؟!

ثم انفجر ضاحكًا، قبل أن يستطرد:

- هل صدقت نفسك؟.. إنها فكرة عشوائية، على الرغم من نجاحها، ولقد حاولت تأييد كذبتك، أمام رئيس التحرير، وأسئلته هي التي قادتنا إلى هذا الوضع.

هتفت محنقة:

- هذا لا يمنع أنك سرقت فكرتي.

قال في بساطة:

- وهل يمنع زواجي منك؟

تخضب وجهها بحمرة الخجل، وهي تقول:

- هل ستعود إلى هذا الحديث؟

هز كتفيه، قائلًا:

- ولم لا؟.. إنني أحبك منذ زمن، وما زلت أتمنى الزواج منك.

اعتدلت في مقعدها، وغمغمت:

- ولكنني لا أرغب في الزواج.

- لماذا؟

- مازلت أصغر من أن أفعل.

- إنك في الرابعة والعشرين.

- هل يعني ذلك أنني قد أصبحت عجوزًا؟

- ليس بعد، ولكنني أخشى أن يفاجئك هذا، قبل أن تتخذي قرارك بالزواج.

- ربما.. هذا لا يمنعك من أن تتزوج بأخرى.

- لا بأس.. ألديك شقيقة توءم؟

التفتت تتطلع إلى ابتسامته المرحة، وتسللت ابتسامة إلى وجهها المخضب بحمرة الخجل، وهي تغمغم:

- هل تميل دومًا إلى المرح؟

ابتسم في حنان، وهو يجيب:
- في حضرتك فقط.
خيل إليها لحظة أن قلبها سيذوب مع ابتسامته وحنانه، إلا أنها لم تلبث أن انتزعت نفسها من بحر المشاعر هذا، وهي تتنحنح قائلة:
- ألم نصل بعد؟
لم يبد عليه أدنى ضيق لفرارها من حديث الزواج، وكأنما اعتاد هذا، وأجاب في هدوء:
- لقد اقتربنا، فمن سوء حظنا أن أول شخص يقع عليه اختيار رئيس التحرير، يقيم في منطقة شبه منعزلة، على قمة جبل (المقطم)..
قاد السيارة في صمت لدقيقتين، حتى عبر المنطقة المأهولة بالسكان، ثم أشار إلى فيلا صغيرة، تستقر وحدها فوق قمة المقطم، بعيدة عن المناطق السكانية الأخرى، وقال:
- ها هي ذي الفيلا.
تمتمت وهو يوقف سيارته إلى جوار الفيلا:
- أتعشم أن نجد ذلك المهندس هنا.
أجابها وهو يغادر السيارة:
- إنه هنا.. ها هو ذا يدفع شيئًا، داخل (جراج) سيارته.
اتجه في خطوات واسعة إلى حيث المهندس (سليمان)، وتبعته (منى) في خطوات أقرب إلى العدو، حتى صارا خلف المهندس تمامًا، فقال (محمود):
- أأنت المهندس (سليمان صابر)؟
اعتدل الرجل بغتة، وكأنما فاجأه الصوت، واستدار إليهما في حركة حادة عنيفة، وصطدمت نظراته الصارمة القاسية بعيونهما..
وفجأة سرت في جسد (منى) قشعريرة باردة مخيفة..
وانطلقت من حلقها شهقة..
شهقة رعب..

✿✿✿

الفصل الثاني

لم تكد تلك الشهقة تنطلق من حلق (منى)، حتى تحفزت كل عضلة من عضلات جسد (محمود)، وتأهبت للذود عن محبوبته، إلا أن كل هذا لم يلبث أن ضاع وسط دهشته، وهو يتطلع إلى وجه المهندس (سليمان)..

لقد كان الرجل يبدو محتدًا، غاضبًا، إلا أنه – وبخلاف هذا – لم يكن يحمل أي شيء يدفع صحفية متمرسة مثل (منى)، لإطلاق شهقة رعب كهذه..

وفي حيرة؛ التفت إلى (منى)، يسألها:

- ماذا هناك؟

بدا له وجهها شاحبًا، غائمًا، يموج بالرعب والفزع، وهي تتطلع إلى وجه المهندس (سليمان)، وتمتم في اضطراب:

- لقد خيل إلي لحظة أنه.. أنه..

تلعثمت، واختفت الكلمات في حلقها، فسألها (محمود) في قلق:

- أنه ماذا؟

وهنا قال المهندس (سليمان) في حدة:

- من أنتما؟ وماذا تريدان؟

بقيت (منى) صامتة، تتطلع إليه في خوف واضح، في حين ازدرد (محمود) لعابه، و أجابه:

- إننا صحفيان من مجلة (اللحظة)، ولقد اخترناك عشوائيًا، من دليل الهاتف، لنجري معك تحقيقًا، حول هموم ومتاعب المواطن العادي، و...

قاطعه (سليمان) في خشونة:

- ليس لدي وقت لمثل هذا الهراء.

ازدردت (منى) لعابها بدورها، وكأنما تحاول استرداد جأشها، وقالت:

- إنه ليس مجرد هراء يا سيد (سليمان).. إنه نوع جديد من التحقيقات، و...

قاطعها على نحو أكثر خشونة:

- ابحثا من غيري، فلدي الكثير من العمل.

تطلعت إليه في حيرة، فلم يكن من المألوف لديها أن يرفض أي شخص إجراء حوار صحفي، تنشره مجلة معروفة..

وفي اهتمام، راحت تدرس ملامحه..

كان حليق الوجه، في منتصف الأربعينات من العمر، له شعر أسود ناعم فاحم، وفودان وخطهما الشيب..

ولدهشتها بدا لها وسيمًا على نحو ما، حتى أنها تساءلت في أعماقها عما أصابها بالرعب منه هكذا..

وفي إصرار، قالت:

ـ لن نضيع وقتك كثيرًا يا أستاذ (سليمان).. إنك تقيم هنا في (المقطم)، ولا ريب أن لديك بعض المشكلات، حتى ولو تعلق ذلك بالمياة والإنارة، و... لوح بكفه في حدة، وهو يقول:

ـ لا.. لا مشكلات.

أشار (محمود) إلى الصندوق الخشبي، الذي كان (سليمان) يدفعه أمامه، وقال:

ـ وماذا عن هذا الصندوق؟.. ألا يمثل دفعة داخل (الجراج) مشكلة؟!

انقلبت سحنة (سليمان) بغتة، وبدا أشبه بوحش شرس، وهو يقول في حدة:

ـ دعك من هذا الصندوق.

ثم استدار يضغط دائرة حمراء صغيرة، في زاوية الصندوق، مستطردًا في غلظة:

ـ إنه جهاز منزلي خاص.

خيل إليهما أن الصندوق قد تألق بضوء فيروزي خافت، لجزء من الثانية، إثر ضغطة (سليمان) على الدائرة الحمراء، قبل أن يخبو تألقه بأسرع مما ظهر..

وبحركة غريزية صحفية، اختطفت (منى) آلة التصوير الصغيرة من جيبيها..

والتمع المصباح الضوئي في وجه (سليمان)، وهو يلتفت إليها..

وفي ثورة عارمة، صرخ (سليمان):

ـ ماذا فعلت؟

تراجعت (منى) في رعب، وهي تقول:

ـ لقد التقطت صورتك فحسب.

اندفعت قبضة (سليمان) تحيط بمعصمها بغتة، وبدت عيناه مخيفتين رهيبتين، وهو يضغط بأصابع من فولاذ، قائلًا في صوت مرعب:

ـ من سمح لك بهذا؟

ارتجف (محمود) لمرأى ذلك الرعب الهائل، المختلط بألم شديد، والذي ارتسم على وجه (منى)، و(سليمان) يضغط معصمها..

واندفع (محمود) يقول في حدة، وهو يمسك معصم (سليمان) بدوره:

ـ لا عليك يا رجل.. إنها مجرد صورة.

التفت إليه (سليمان) في حركة حادة، وبدا وكأنه يقيس قوة خصمه، قبل أن ينقض عليه، مما جعل (محمود) يتراجع في حركة غريزية، مغمغمًا:

- إلا إذا كنت تخشى شيئًا.

توقف المشهد كله لحظات، كصورة ضوئية ثابتة، قبل أن تتراخى أصابع قبضة (سليمان)، من حول معصم (منى)، وهو يقول في بطئ:

- لا.. لست أخشى شيئًا.

ثم أضاف في حدة:

- والآن انصرفا.

كانت (منى) تبدو وكأنها تتطلع إلى شبح، حتى أن (محمود) قد شعر بالعطف عليها، فجذبها من يدها، قائلًا:

- هيا يا (منى).. من الواضح أن المهندس (سليمان) لا يرغب في التعاون مطلقًا.

بدت له وكأنما التصقت عيناها بوجه (سليمان)، وقد استحالت إلى تمثال من الرخام البارد، فهتف بها في حدة:

- (منى).. هيا بنا.

انتفضت وكأنها تستيقظ من نوم عميق، وقالت في اضطراب، وهي تشيح بوجهها عن (سليمان):

- نعم.. هيا بنا.

بدت وكأنها تعدو نحو السيارة، هاربة من شيء ما، ولم يكد (محمود) ينطلق بالسيارة، حتى قالت في توتر ملحوظ:

- ليس بشريًا.

التفت إليها (محمود) في دهشة، وهو يقول:

- ماذا تقولين؟

صاحت في حدة:

- أقول إن هذا الشخص ليس بشريًا.

سألها في مزيد من الدهشة والقلق:

- (منى).. ماذا أصابك يا حبيبتي؟

صرخت في عصبية أقرب إلى الجنون:

- لا تخاطبني بلقب (حبيبتي) هذا.. أنت لم تشعر بما شعرت أنا به.

عقد حاجبيه، وأوقف سيارته إلى جانب الطريق، وهو يقول:

- وما الذي شعرت به؟

رفعت معصمها أمام عينيه، هاتفة في انهيار:

ـ هذا.

واتسعت عيناه في ذهول...

لقد كانت على معصمها آثار أصابع خمس..

محترقة..

✿✿✿

الفصل الثالث

رفع طبيب المجلة عدسته الكبيرة، وهز رأسه في حيرة، وهو يغمغم:

- مستحيل يا آنسة (منى)!!. مستحيل تمامًا!

قالت (منى) في عصبية:

- ما هو هذا المستحيل؟.. لقد رويت لك كل ما حدث، ولقد شاهد (محمود) كل لحظة منه.

هز الطبيب رأسه في إصرار، وهو يقول:

- ولو.. لا يمكنك خداع طبيب في هذا الشأن.. ما من بشري، مهما بلغت قوته، يمكنه أن يترك مثل هذه الآثار، في معصم بشري آخر.

وأشار إلى آثار الأصابع الخمسة المحترقة، وهو يستطرد:

- إن هذا الذي أمامي عبارة عن خمس حروق من الدرجة الثانية، حدثت بفعل شيء ملتهب.

قالت (منى) في حدة:

- ليس شيئًا أيها الطبيب.. إنه شخص مثلي ومثلك.

هز رأسه في عناد، قائلًا في حزم:

- مستحيل!! مستحيل!! مستحيل!

بد الغضب على وجه (محمود)، وهو يقول:

- ولكنني رأيت ما حدث.

رفع الطبيب سبابته أمام وجهه، وقال:

- رأيت رجلًا يمسك معصم زميلتك، ولكن قد يكون هذا الرجل مرتديًا قفازًا خاصًا مثلًا، لوثته بعض الأحماض المركزة، أو...

قاطعته (منى):

- لم يكن يرتدي أي قفازات.. بل على العكس، كانت يده باردة كالثلج.

حدق الطبيب في وجهها لحظة، ثم ابتسم قائلًا:

- إذن فقد صنعت أصابعه الباردة كالثلج، تلك الآثار المحترقة.. أليس كذلك؟

زفرت في سخط، وهي تقول:

- لا فائدة.. إنك لن تصدقني أبدًا.

ابتسم الطبيب في دهاء، وهو يقول:

- وهل المفروض أن أفعل، وأن أحتسبها إصابة عمل؟

صاحت في غضب:

- وهل تتصور أن كل ما أسعى إليه هو أن أحتسبها إصابة عمل؟

قال الطبيب في صرامة:
- لست أظن شيئًا.. سنحيط هذه الحروق بالضمادات اللازمة، ونمنحك المضاد الحيوي الملائم، وينتهي كل شيء..
غمغمت في حنق:
- يا لها من رعاية طيبة!
لم تفه بحرف واحد، حتى انتهى الطبيب من تضميد حروقها، وأعطاها تذكرة طبية بالأدوية المطلوبة، وغادرت عيادة الجريدة في غضب، فابتسم (محمود) مشفقًا، وهو يقول:
- لا عليك.. إنها قصة أغرب من أن يصدقها شخص لم يرها بعينيه.
التفتت إليه بغتة، تسأله:
- ما رأيك أنت؟
سألها في دهشة:
- فيما فعله الطبيب؟
قالت في حزم:
- لا.. في الموقف كله.
تردد لحظة، ثم قال:
- الواقع أن الموقف كله مثير للحيرة.
قالت في اندفاع:
- بل هو أمر خارق للطبيعة.
وأضافت وهي تلوح بيدها في حزم:
- هذا المهندس (سليمان) ليس بشريًا.
ضحك في إرتباك، وهو يقول:
- ما هو إذن؟.. جني؟
هزت كتفيها قائلة:
- ربما.
تطلع إليها لحظة، وقال:
- (منى).. إنك تقلقيني.
بدا وكأنها لم تسمعه، وهي تقول في حماس:
- لابد أن نعود إلى (المقطم).. لدي عشرات الأسئلة، التي ينغي أن يجيب عنها ذلك المهندس.
ربت على كتفها، وقال محاولًا تهدئتها:
- إنه لن يجيب أية أسئلة.

هتفت في عصبية:
- سيفسر لي ما فعله بمعصمي على الأقل.
ربت على كتفها في حنان مرة أخرى، وقال:
- لا بأس يا (منى).. سنذهب إليه صباح الغد، فلقد هبط الظلام الآن، وأنت تحتاجين إلى الراحة.
وبذل جهده ليبتسم، وهو يستطرد:
- أظن أن أفضل ما نفعله الآن هو أن أوصلك إلى منزلك.
مطت شفتيها في حنق، وتمتمت:
- فليكن.
ثم استطردت في حدة:
- ولكننا سنذهب إليه في (المقطم)، فور استيقاظنا غدًا.
ابتسم مغمغمًا:
- أعدك بهذا.
قادها في رفق إلى سيارته، وانطلق بها إلى منزلها، دون أن يتبادلا حرفًا واحدًا، حتى توقف أمام المنزل، وقال في خفوت، وكأنه يخشى تمزيق أستار الصمت السائدة بينهما:
- لقد وصلنا.
كانت تغوص في مقعدها، كعادتها كلما جلست إلى جواره في سيارته، فاعتدلت في جسلتها، وتمتمت:
- حسنًا.
ثم انتزعت شريط التصوير من آلة التصوير الخاصة بها، وناولته إياه، قائلة: حاول أن تظهر الصورة، التي التقطناها له هذا الصباح، في أقرب فرصة.
التقط الشريط السلبي، وألقاه في جيب سترته، وهو يبتسم قائلًا:
- سأفعل.. اطمئني.
ابتسمت ابتسامة شاحبة، وغادرت السيارة في بطئ، فهتف بها:
- (منى).
التفتت إليه متسائلة، فأضاف مبتسمًا:
- أحبك.
تخضب وجهها بحمرة الخجل، وهي تغمغم:
- يا لك من عابث!
ولوحت له بكفها، ثم اتجهت نحو المنزل في خطوات واسعة، فابتسم متمتمًا:
- ويا لك من فاتنة!

لم يكد يدير محرك سيارته، حتى انقطع التيار الكهربي عن المنطقة كلها بغتة، وانطلقت شهقة رعب من (منى)، جعلته يقفز خارج السيارة، ويعدو إليها كالصاروخ..

ووسط الظلام الدامس، عثر عليها ترتجف في رعب، فهتف بها:

ـ ماذا حدث؟

غمغمت وهي تمسك معصمها في قوة:

ـ لقد انقطع التيار بغتة.

قال في إشفاق:

ـ يبدو أن أعصابك مضطربة في شدة، فهذا أمر شائع الحدوث، ولا يستحق كل هذا الرعب.

غمغمت متوترة:

ـ هذا لو أن الأمر يقتصر على الظلام.

سألها في قلق بالغ:

ـ ماذا هناك أيضًا.

رفعت يدها أمام وجهه، فاتسعت عيناه في دهشة بالغة، وخفق قلبه في قوة.. فعلى الرغم من الأربطة والضمادات، كانت آثار الأصابع الخمسة واضحة...

ولامعة كنيران مشتعلة..

نيران أوقدها ذلك الشيء..

الفصل الرابع

ابتسمت أم (منى) في وجه ابنتها، وهي تسألها في لهجة روتينية، مفعمة بالحنان والحب:

- هل كان يومك جيدًا؟

أجابتها (منى) في عصبية:

- كان مرهقًا.

قالت الأم مشفقة:

- تذكري أنك أنت اخترت مهنة الصحافة.

زفرت (منى) في حنق، وغمغمت:

- من سوء حظي.

ثم اتجهت نحو حجرتها، مضيفة:

- لن أتناول العشاء الليلة.. سآوي إلى فراشها على الفور، فأنا أحتاج إلى نوم عميق.

أغلقت باب حجرتها خلفها، وألقت جسدها على فراشها، دون أن تبدل ثوبها، وراحت تسترجع أحداث ذلك اليوم العصيب..

لقد بدأ رعبها مع التفاته ذلك المهندس إليها..

لوهلة لم يبد لها بشريًا..

لقد رأت أمامها وجهًا أحمر اللون، وعينين كجمرتين ملتهبتين مرعبتين.. وتلاشى ذلك المشهد بغتة، وعاد الرجل يبدو لها عاديًا..

ثم هناك آثار أصابعه المحترقة، التي تتألق في الظلام..

لقد كادت تفقد وعيها رعبًا، عندما رأت آثار أصابعه تتألق، ولم يجد (محمود) تفسيرًا لذلك، ولكن المشهد العجيب زاده إصرارًا على أن يتوجها إلى المهندس (سليمان) في الصباح الباكر..

راحت تستعيد الأحداث مرات ومرات، والنوم يتسلل إلى جفنيها في بطئ..

وفجأة اختفت الجدران من حولها..

ووجدت نفسها في صحراء جرداء واسعة، لا نهاية لها..

أرضها من حصى أحمر اللون..

السماء في نهايتها تتألق كنيران مشتعلة..

وراحت (منى) تدير عينيها فيما حولها في رعب، وهي تهتف:

- أين أنا؟.. ما الذي أتى بي إلى هنا؟

وفجأة التقت عيناها بوجه مخيف..

رهيب..
مرعب..
نفس الوجه الأحمر، ونفس العينين المشتعلتين..
وتراجعت في ارتياع، وذلك الشيء المخيف يمد أصابعه ذات الأظفار الملتهبة إليها، ويقول في غضب صارم رهيب:
- أين الصورة؟
أجابته وهي ترتجف رعبًا:
- ليست معي.. أقسم لك إنها ليست معي.
اشتعلت عيناه غضبًا، وهو يصرخ:
- أين الصورة؟
ثم دفع أحد أظفاره في كتفها اليسرى، وخيل إليها أن خنجرًا من اللهب قد أصاب ذلك الموضع، فاطلقت صرخة مدوية..
وراحت تصرخ..
وتصرخ..
وتناهى إلى مسامعها صوت يهتف:
- استيقظي يا ابنتي.. استيقظي.
وفجأة تلاشت الصحراء الملتهبة، وعادت جدران الحجرة تحيط بها، وبدا لها وجها أمها وأبيها، وهما ينحنيان نحوها، والأب يقول في قلق بالغ:
- ماذا حدث يا ابنتي؟.. ماذا حدث؟
تلفتت حولها في رعب، حتى اطمأنت إلى أنها حقًا داخل حجرتها، فأجهشت بالبكاء، وراحت تهتف بين ذراعي أمها:
- إنه كابوس يا أماه.. كابوس بشع.
ضمتها أمها إلى صدرها في حنان وإشفاق، ثم لم تلبث أن أبعدتها في دهشة، هاتفة في جزع:
- ماذا أصاب كتفك يا بنيتي؟
لحظتها فقط شعرت (منى) بذلك الألم في كتفها، في نفس الموضع الذي غرس فيه ذلك الشيء أحد أظفاره المشتعلة..
وعندما كشفت عن كتفها، كانت تنتظرها مفاجأة مرعبة..
لقد كانت هناك بقعة من الدم تلوث كتفها وقميصها..
وكان هناك أثر لجرح صغير محترق..
جرح أحدثه أظفر صغير مشتعل..

✿✿✿

لم ير (محمود) في حياته كلها (منى) شاحبة وممتقعة، مثلما رآها في صباح اليوم التالي، في مبنى المجلة..

لقد التقيا هناك في الثامنة والنصف صباحًا، ولم يكد بصره يقع عليها حتى هتف:

- يا إلهي!.. ماذا أصابك؟

هزت رأسها، وزفرت في توتر، وهي تقول:

- لن تصدقني أبدًا.

ابتسم مغمغمًا في إشفاق:

- يمكنني أن أحاول.

زفرت مرة أخرى، وقالت:

- لقد زارني ذلك الشيء في نومي.

عقد حاجبيه، يسألها في حيرة:

- أي شيء.

لوحت بكفها، مغمغمة في توتر:

- الشيء الذي يحمل اسم (سليمان صابر).

سألها في اهتمام:

- أتعنين أنك قد حلمت به؟

هزت رأسها نفيًا، وهي تقول في رعب:

- لا.. لم يكن حلمًا، إلا لو كانت الأحلام تسبب الحروق والجروح.

وراحت تروي له ما رأته كله، وهو يستمع إليها في دهشة بالغة، ثم لم يلبث أن قطب حاجبيه، وقال في توتر:

- هل سألك عن الصورة؟

سألته في قلق:

- أمازلت تحتفظ بالنسخة السلبية؟

قال في حزم:

- بكل تأكيد.

ثم شرد ببصره لحظات، قبل أن يضيف:

- أظننا نحتاج إلى إجراء بعض التحريات أولًا، قبل أن نلتقي بذلك المهندس مرة أخرى يا (منى).

سألته في قلق:

- مثل ماذا؟

أجاب في لهجة حاسمة:

- سأخبرك ونحن في الطريق إليه، أما الآن فسأعطي النسخة السلبية لـ (حسام)، لتحقيقها وإظهارها وطبعها، حتى نعود إليه.. هيا بنا.

سألته في توتر، وهو يقودها إلى الخارج:

- إلى أين؟

أجابها في حزن:

- سنتأكد أولًا مما إذا كان هناك وجود حقيقي للمهندس (سليمان صابر) أم..

صمت لحظة، ثم أضاف في صرامة:

- أم أن كل هذا مجرد وهم.

✿ ✿ ✿

"ها هو ذا..."

نطقها موظف السجل المدني في ارتياح، وهو ينتزع ورقة تحمل صورة المهندس (سليمان)، وكل البيانات المتعلقة به، فالتقطت (منى) الورقة في لهفة، وهتفت:

- مستحيل!!..

سألها (محمود) في اهتمام:

- هل هناك صورة مختلفة؟

قالت في توتر:

- على العكس.. إنها صورته، ولكن هناك شيء يختلف.

- أي شيء؟

- انظر إلى هذه الصورة.. إن ملامح صاحبها تشي بالوداعة والرقة وطيبة القلب، حتى أنه يبدو شخصًا آخر تمامًا، بخلاف ذلك الشرس العدواني، الذي التقينا به هناك.

تطلع إلى هذه الصورة لحظات، ثم غمغم:

- هذا صحيح.

ثم نهض قائلًا:

- هيا بنا.

تبعته وهي تسأله:

- إلى أين.

قادها إلى سيارته، وانطلق بها، وهو يقول:

- سنذهب إلى حيث يعمل المهندس (سليمان)..

وأضاف في حزم:

- إن رحلة البحث لم تنته بعد..

✿✿✿

بدا الغضب على وجه مدير المكتب، الذي يعمل به (سليمان)، وسأل (محمود) في حنق:

- أتسألني عن (سليمان صابر).. أأنت أحد أقاربه؟

أجابه (محمود) في هدوء:

- هذ صحيح، ونحن نبحث عنه.

لوح الرجل بذراعيه في سخط، وهو يهتف:

- أخبرانا عندما تعثران عليه إذن، فلقد ترك العمل منذ يومين، دون أن يعتذر، أو يبلغنا بسر غيابه، وها هو ذا اليوم الثالث يبدأ، دون أن نعلم عنه شيئًا.

عقد (محمود) حاجبيه، وهو يقول:

- هكذا؟

صاح به الرجل محنقًا:

- نعم.. هكذا.

لم يسأله (محمود) شيئًا آخر، وإنما قال لـ (منى)، وهما ينطلقان بسيارته إلى مبنى المجلة.

- يبدو أن (سليمان صابر) هذا يخفي سرًا رهيبًا.

تمتمت في رهبة:

- ومخيفًا.

تطلع إليها لحظة، ثم عاد يعتدل مراقبًا الطريق، وهو يسألها:

- أتتوقعين أن تقودنا الصورة إلى شيء ما؟

غمغمت:

- بالتأكيد.

- مثل ماذا؟

- لست أدري.

- أهو شيء ما يخفيه في هيئته؟

- أو هو هيئته نفسها.

اكتفيا بهذا القدر من الحديث، حتى بلغا مبنى المجلة، فأسرعا يستقلان المصعد إلى حيث حجرة التصوير، واستقبلهما (حسام) خارجها، وهو يقول:

- ما الذي جذب اهتمامكما بشأن هذه الصورة؟.. إنها صورة عادية للغاية، وسخيفة أيضًا.

سألته (منى):

ـ ألم يبد لك وجه الرجل فيها مثيرًا للاهتمام؟

تطلع إليها (حسام) في دهشة، وهو يقول:

ـ وجه الرجل؟!.. أي رجل؟

ثم التقط الصورة، ووضعها أمام أعينهما، مستطردًا:

ـ إنها مجرد صورة لـ (جراج) خال.

حدق الإثنان في الصورة في ذهول..

لقد كانت الصورة لـ (جراج) فيلا (سليمان صابر) بالفعل..

ولكنها لم تكن تضم (سليمان) أو الصندوق..

كانت صورة خالية..

خالية تمامًا..

الفصل الخامس

غاصت (منى) في مقعد السيارة، المجاور لمقعد القيادة، وانكمشت كثيرًا، وهي تراقب الطريق الصاعد إلى (المقطم)، وقد مالت الشمس إلى الغروب، ولاذت هي بالصمت التام، إلى أن سألها (محمود) في خفوت:

- هل تشعرين بالخوف؟

تمتمت:

- إلى حد ما.

ثم التفتت إليه تسأله.

- وماذا عنك؟

ابتسم ابتسامة باهتة، وهو يجيب:

- أشعر بالخوف عليك فحسب.

ران عليهما الصمت لحظات، ثم قالت هي في صوت خفيض:

- هل تعلم ما الذي سأفعله، لو انتهى هذا الأمر على ما يرام؟

أجابها في هدوء:

- ستتزوجيني.

عقدت حاجبيها، وهي تقول في حدة:

- لست أجد في نفسي الرغبة في المزاح.

تمتم في رقة:

- لا بأس.. أردت تلطيف الجو قليلًا فحسب.

شعرت بتأنيب الضمير، فقالت:

- معذرة.. يبدو أنني متوترة بحق.

أوقف سيارته على بعد أمتار قليلة، والتفت يسألها:

- هل نطرق الباب؟

قالت في توتر، وهي تغادر السيارة:

- لا.. سننفذ خطتنا.

التقط مصباحًا ضوئيًا، وتبعها على أطراف أصابعه، هامسًا:

- أتعلمين أننا سنرتكب مخالفة قانونية هكذا؟

همست:

- أعلم، ولكن الوسيلة الوحيدة لمعرفة طبيعة ذلك الصندوق العجيب، الذي لا تلتقطه الصورة الضوئية هو وصاحبه، هي اقتحام ذلك (الجراج) خلسة.

راحا يدوران حول (الجراج)، حتى كشفا وجود نافذة جانبية، عالجها (محمود) بعض الوقت، حتى استجاب رتاجها، وانفتحت على مصرعيها، فهمس:

- هيا.. سأذهب أنا أولًا.

قفز عبر النافذة إلى داخل (الجراج)، وهمس بها:

- اتبعيني.

دفعت جسدها الضئيل عبر النافذة بدورها، وهمست في خوف:

- لم لا تضيء المصباح؟.. ذلك الظلام الدامس يملأ قلبي بالرعب.

أضاء مصباحه اليدوي، وراح يدير ضوءه في المكان، حتى وقع على ذلك الصندوق الكبير، فهتفت (منى):

- ها هو ذا.

أخرجت آلة التصوير في سرعة، وراحت تلتقط عدة صور للصندوق، من جميع الاتجاهات، ثم قالت:

- ترى أي شيء يحتويه هذا الصندوق؟

اتجه نحو الصندوق، وهو يقول:

- دعينا نرى بأنفسنا.

راحا يفحصان الصندوق طويلًا، ثم هتفت (منى) في حيرة ودهشة:

- عجبًا!!.. إنه يبدو لي أشبه بكتلة مصمتة من الخشب، بلا فتحات أو أقفال، فيما عدا تلك الدائرة الحمراء في زاويته.

وقفا يتطلعان إلى الصندوق في حيرة، ثم ألقى (محمود) بقعة الضوء على ركن آخر من أركان (الجراج)، وقال:

- هناك صندوق آخر.

اتجها إلى ذلك الصندوق الآخر، الذي بدا مستطيلًا قصيرًا، يختلف في مادته وهيئته كثيرًا عن الصندوق الأول، وغمغمت (منى):

- هذا الصندوق له غطاء واضح على الأقل.

انحنى (محمود)، وفحص الغطاء، وقال:

- ولا توجد أقفال.

ثم رفع غطاء الصندوق، وألقى ضوء مصباحه داخله..

وتراجعت (منى) في رعب..

وأطلقت صرخة قوية..

لقد كان الصندوق يحوي جثة رجل..

جثة المهندس (سليمان صابر)..

❀ ❀ ❀

تراجع (محمود) بدوره في ذعر، وأمسك كتفي (منى) في قوة، وهو يهتف:

- كفى يا (منى).. كفى.

كانت أعصاب المسكينة قد انهارت تمامًا، فراحت تطلق صرخات مخيفة عالية، مما اضطر (محمود) إلى أن يهوى على وجهها بصفعة قوية، ارتج لها كيانها كله، قبل أن تحدق في وجهه في ذهول، ثم تنفجر باكية بين ذراعيه..

وفي حنان شديد، راح (محمود) يربت على كتفيها، وهو يقول:

- رويدك يا حبيبتي.. رويدك.. سينتهي كل شيء على ما يرام بإذن الله.. سينتهي كل شيء على ما يرام.

انتحبت في شدة، وهي تقول:

- هل رأيته يا (محمود).. إنه قتيل.. قتيل!!

انبعث من خلفهما صوت بارد كالثلج.. يقول:

- بل هو في سبات عميق فحسب.

التفتا إلى مصدر الصوت في ذعر، في نفس اللحظة التي أضيئت فيها أنوار (الجراج)..

وأطلقت (منى) شهقة ذعر أخرى..

لقد كان يقف أمامها شخص، أو شيء، هو صورة طبق الأصل من المهندس (سليمان صابر)، الذي يرقد داخل الصندوق، فيما عدا أن ذلك الواقف كان يملك عينين كجمر مشتعل..

مضت لحظات من صمت مشوب برعب وذهول وخوف، قبل أن يحيط (محمود) كتفي (منى) بذراعه، ويقول لذلك الواقف في حدة:

- من أنت إذن؟.. إنك لست المهندس (سليمان).

وتمتمت (منى) في رعب:

- بل ما أنت؟

حدجهما ذلك الشيء بنظرة نارية مخيفة، قبل أن يقول في صوت رهيب مخيف، بدا وكأنه يأتي من أعماق الجحيم:

- لقد أتيتما في لحظة غير مناسبة.. كان ينبغي أن تؤجلا حضوركما يومين فقط.

سأله (محمود) في حيرة:

- وما الذي كان يفترض حدوثه لو فعلنا؟

أشار الشيء إلى صدره، والتمعت عيناه ببريق مخيف، وهو يقول بصوته الرهيب:

- كان كوكب الأرض سيصبح ملكنا.

ردد (محمود) و(منى) في آن واحد:

- ملككم؟!

ثم هتف (محمود) مستطردًا:

- ومن أنتم؟

كشر ذلك الشيء عن أنيابه، وهو يقول:

- لا داعي لأن تعرف.. إنك لن تفهم أبدًا.. لن يفهم أحدكما.

ثم رفع يده، التي استحالت إلى يد حمراء معروقة، تبرز منها نفس الأصابع المشتعلة، التي رأتها (منى) في حلمها، واستطرد في شراسة:

- يكفي أن تموتا، لتنتهي المشكلة كلها.

وأطلقت (منى) صرخة رعب هائلة، عندما رأت تلك الأصابع المشتعلة تنقض عليها..

ومعها الموت..

الفصل السادس

لم تتصور (منى) أبدًا أن (محمود) يمكنه أن يقاتل..

والواقع أنه هو أيضًا لم يتصور في نفسه هذه المقدرة ولكن يبدو أن الحب شيء رائع بالفعل..

لقد رأى (محمود) ذلك الشيء ينقض على الفتاة التي تحتل قلبه، فاندفع بلا تفكير يدفعها بعيدًا عن المخالب المشتعلة، وهو يهتف:

- ابتعدي يا (منى).

وألقتها دفعته بعيدًا، ولكن المخالب هوت على كتفه و، فمزقت سترته وقميصه ولحمه..

وسالت الدماء الدافئة على كتفيه، وذلك الشيء يقول:

- إذن فأنت ترغب في أن تكون أول ضحايانا من البشر.. فليكن.

وانقض عليه مرة أخرى، وحاول (محمود) أن يقفز مبتعدًا، ولكن المخالب المشتعلة خمشت صدره هذه المرة، ومزقت ثيابه، وأدمته..

وتراجع الشيء قائلًا:

- ما رأيك؟.. أنت أم الفتاة؟

أجابه (محمود) في حدة:

- لن تمس شعرة واحدة من رأسها، وأنا على قيد الحياة.

حدجه ذلك الشيء بنظرة نارية، وهو يقول:

- عجيب أمركم يا بني البشر، ما زلتم تدهشونني بعواطفكم هذه.

ثم أخرج من جيبه كرة مضيئة، وقال:

- وهذا يدفعني إلى إنهاء القتال بسرعة أكبر.

قفز (محمود) جانبًا هذه المرة، في نفس اللحظة التي انطلقت فيها من الكرة حزمة من أشعة حمراء، أصابت نفس الموضع، الذي كان يقف فيه (محمود)، فقال الشيء في برود:

- لن تفلت إلى الأبد.

وهنا قفزت (منى)، وركلت الكرة من يد الشيء، هاتفة:

- هذا لو بقي سلاحك في قبضتك.

سقطت الكرة، وتدحرجت إلى ركن (الجراج)، والتفت الشيء إلى (منى)، وهو يقول في غضب:

- لقد حكمت على نفسك بالإعدام أيتها البشرية.

وقبل أن تقفز مبتعدة، قفزت يده تقبض على معصمها في قوة، فصرخت في رعب:

- أنقذني يا (محمود).

- اندفع (محمود) نحو ذلك الكيان، وتعلق برقبته، هاتفًا:

- اتركها أيها الحقير.

ولكن الكيان الوحشي دفع مرفقه إلى الخلف، وغاص به في معدة (محمود)، الذي شعر وكأن مطرقة هائلة من الصلب قد أصابت معدته، ودفعته إلى الخلف في قوة، والكيان المخيف يلتفت إلى (منى) مرة أخرى، ويرفع كفه الثانية، ويفرد أصابعها ذات المخالب المشتعلة عن آخرها، قائلًا:

- أتعلمين ما سأفعله بك أيتها الأرضية؟.. سأدفع يدي في صدرك، وأنتزع قلبك، وأحتفظ به كذكرى أول بشرى يلقي حتفه على أيدينا هنا.

صرخت (منى):

- النجدة يا (محمود)!! النجدة!!

ولم يشعر (محمود) بالعجز في حياته كلها، مثلما شعر به في تلك اللحظة، وهو يواجه ذلك الموقف..

ولكن لا..

لقد وقع بصره على الكرة العجيبة، الملقاة في ركن الحجرة، فاندفع إليها، والتقطها في راحته، ثم صوبها نحو الشيء..

وتملكته الحيرة..

ما الذي ينبغي أن يفعله لإطلاق الأشعة منها؟.

إنها لا تحوي أية أزرار أو أجزاء..

فقط كرة مستديرة من قطعة واحدة..

وشاهد يد الشيء ترتفع..

والمخالب تزداد اشتعالًا..

و (منى) تصرخ طالبة النجدة..

ثم هوت يد الوحش على صدر (منى)..

وصرخ هو:

- لا.. لا..

ومع صرخته اعتصرت قبضته الكرة..

وانطلق ذلك الشعاع الأحمر..

وأصاب هدفه..

وتراجع ذلك الشيء، متخليًا عن (منى)، وهو يطلق صرخة مدوية رهيبة، لم يسمع بشري مثلها من قبل.. واستدار الشيء يتطلع إلى (محمود) في غضب هائل، ثم اتجه نحو الصندوق المصمت، وهو ينتحب.. أو يطلق صوتًا أشبه بالنحيب..

وفي دهشة بالغة، تطلع إليه (محمود) و(منى)، وهو يلصق جسده بالصندوق، ويهتف:

ـ لقد فشلت العملية..

وفجأة ومض جسد الشيء في قوة، وتألق (الجراج) كله بوميض أحمر مخيف، وصرخت (منى):

ـ انظر إليه.

اتسعت عينا (محمود) عن آخرهما، عندما رأى الشيء يفقد هيئته البشرية، وسط ذلك الوميض الأحمر، ويتحول إلى مسخ يشبه ذلك الذي رأته (منى) في كابوسها..

ثم اختفى كل شيء بغتة..

وعاد الظلام يسود (الجراج)..

وهتفت (منى)، وهي تلهث:

ـ (محمود).. ماذا حدث؟

أجابها في توتر، وهو يشاركها اللهاث، من فرط التعب والانفعال والألم: لست أدري.. ربما استهلك كل الطاقة.

اتجه يتحسس طريقه إلى حيث مفتاح الإضاءة، وأضاء مصباح (الجراج)، وهو يقول في حيرة:

ـ لقد كان المصباح مطفأ.. من أين كان يأتي ذلك الضوء إذن؟

زفرت في توتر، وألقت جسدها أرضًا، وهي تغمغم:

ـ ليس هذا هو الشيء الوحيد، الذي يحتاج إلى تفسير.

ثم أطلقت ضحكة عصبية، متسطردة:

ـ هل تصدق أن كل هذا قد بدأ بفكرة إجراء تحقيق مع شخص عادي؟

غمغم مشدوهًا، وهو يحدق في البقعة التي اختفى فيها الصندوق والشيء:

ـ شخص عادي؟!.. يا إلهي!

سألته في توتر:

ـ أي شيء كان هذا في رأيك؟.. مخلوق من كوكب آخر، أم عفريت من الجن؟

هز رأسه مغمغمًا:

- من يدري؟.. كلاهما قد يرغب في احتلال الأرض.

أومأت برأسها موافقة، ثم أشارت إلى حيث يرقد جسد (سليمان)، وتمتمت:

- أتظنه سيستيقظ؟

هز كتفيه، قائلًا؟

- من يدري؟.. لم يعد هذا يهمني كثيرًا.

ثم أضاف وهو يعاونها على النهوض:

- المهم الآن هو أن نرحل من هنا.

غمغمت:

- صدقت.

غادرا (الجراج) من بابه هذه المرة، وألقت (منى) نظرة أخيرة على الفيلا، قبل أن تدلف إلى السيارة، قائلة:

- أتظن أحدًا يصدق قصتنا؟

ابتسم قائلًا:

- لا.. ولا رئيس التحرير نفسه.

ثم انطلق بالسيارة، مستطردًا:

ولكنني على استعداد لإقناعه، لو قبلت الزواج مني.

ضحكت في مرح، وهي تقول:

- أما زلت تصر على الحديث عن هذا الأمر؟

هز كتفيه مرة أخرى، قائلًا:

- ولم لا؟

ابتسمت قائلة:

- لدى وسيلة مضمونة لمنعك من التحدث عنه.

سألها في اهتمام:

- ما هي؟

تخضب وجهها بحمرة الخجل، وهي تغمغم:

- سأقبل الزواج منك.

صرخ في سعادة:

- مستحيل!!.

وعندما كانت السيارة تبتعد بهما، وقد انتهت مغامرتهما المذهلة على هذا النحو، كان الجسد الراقد في الصندوق الآخر يفتح عينيه، ثم ينهض في بطئ، ويغادر الصندوق، ثم يغلقه في إحكام، ويعتدل في وقفته، ثم تشتعل عيناه كجمرتين ملتهبتين، وهو يقول عبر جهاز مستطيل صغير.

لقد فشل (آران ٦٠٠) في أداء مهمته، وتلاشى مع محرك الانتقال.. وسأحل
أنا (آران ٧٠٠) محله.. في انتظار محرك انتقال آخر لبدء الغزو..
واتجه في هدوء نحو الفيلا..
فيلا (سليمان صابر)..